Lagerlöf | Die Lichtflamme

Selma Lagerlöf

Die Lichtflamme

Eine Ostergeschichte

Aus dem Schwedischen übersetzt
von Marie Franzos
Nachbemerkung von Alexander Reck

Reclam

Schwedischer Originaltitel: Ljuslågan.
Aus: Kristuslegender (1904)

RECLAM UNIVERSAL-BIBLIOTHEK Nr. 14022
2008, 2017, 2022 Philipp Reclam jun. Verlag GmbH,
Siemensstraße 32, 71254 Ditzingen
Umschlaggestaltung: Philipp Reclam jun. Verlag GmbH
Umschlagabbildung: James Fairman: *Jerusalem from the Mount of Olives*
(*Blick vom Ölberg auf Jerusalem*; um 1873) – © Sotheby's/akg-images
Druck und Bindung: Eberl & Koesel GmbH & Co. KG,
Am Buchweg 1, 87452 Altusried-Krugzell
Printed in Germany 2022

ISBN 978-3-15-014022-2

Auch als E-Book erhältlich

www.reclam.de

Die Lichtflamme

Eine Ostergeschichte

1

Vor vielen, vielen Jahren, als die Stadt Florenz sich vor ganz kurzer Zeit zur Republik gemacht hatte, lebte dort ein Mann, der Raniero di Ranieri hieß. Er war der Sohn eines Waffenschmieds und hatte seines Vaters Gewerbe erlernt, aber er übte es nicht sonderlich gern aus.

Dieser Raniero war ein sehr starker Mann. Es hieß von ihm, dass er eine schwere Eisenrüstung ebenso leicht trüge wie ein andrer ein Seidenhemd. Er war ein noch junger Mann, aber er hatte schon viele Proben seiner Kraft gezeigt. Einmal war er in einem Hause gewesen, wo sie Korn auf den Dachboden gelegt hatten. Aber es war dort oben zu viel Korn aufgehäuft, und während Raniero sich in dem Hause befand, brach einer der Dachbalken, und das ganze Dach war im Begriff einzustürzen. Da waren alle fortgeeilt bis auf Raniero. Er hatte die Arme emporgereckt und sie gegen das Dach gestemmt, bis die Leute Balken und Pfähle geholt hatten, um es zu stützen.

Es hieß von Raniero auch, dass er der tapferste

Mann wäre, den es jemals in Florenz gegeben hätte, und dass er am Kampfe niemals genug haben könnte. Sobald er von der Straße irgendeinen Lärm hörte, stürzte er aus der Werkstatt, in der Hoffnung, dass eine Schlägerei entstanden sei, an der er teilnehmen könne. Wenn er nur vom Leder ziehen konnte, kämpfte er ebenso gern mit schlichten Landleuten wie mit eisengepanzerten Rittern. Er stürzte sich wie ein Rasender in den Kampf, ohne seine Gegner zu zählen.

Nun war Florenz zu dieser Zeit nicht besonders mächtig. Die Bevölkerung bestand zum größten Teil aus Wollspinnern und Tuchwebern, und diese begehrten nichts andres, als in Frieden ihre Arbeit zu verrichten. Es gab tüchtige Kerle genug, aber sie waren nicht kampflustig, sondern setzten eine Ehre darein, dass in ihrer Stadt bessere Ordnung herrsche als anderswo. Raniero klagte oft darüber, dass er nicht in einem Lande geboren war, wo ein König herrschte, der tapfere Männer um sich scharte, und er sagte, dass er in diesem Falle zu hohen Ehren und Würden gekommen wäre.

Raniero war großsprecherisch und laut, grausam gegen Tiere, hart gegen seine Frau; es war nicht gut mit ihm leben. Er wäre ein schöner Mann gewesen, wenn er nicht quer über das Gesicht mehrere tiefe Narben gehabt hätte, die ihn entstellten. Er war rasch von Entschlüssen, und seine Art zu handeln war groß, wenn auch oft gewaltsam.

Raniero war mit Francesca vermählt, die die Tochter Jacopo degli Ubertis war, eines weisen und mächtigen Mannes. Jacopo hatte sich nicht gern dazu verstanden, seine Tochter einem solchen Raufbold wie Raniero zu geben, sondern er hatte sich der Heirat so lange wie möglich widersetzt. Aber Francesca hatte ihn gezwungen, nachzugeben, indem sie sagte, sie würde niemals einen andern heiraten. Als Jacopo endlich seine Einwilligung gab, sagte er zu Raniero: »Ich glaube erfahren zu haben, dass Männer wie du die Liebe einer Frau leichter gewinnen als behalten, darum will ich dir ein Versprechen abnehmen: Wenn meine Tochter bei dir ein so schweres Leben haben sollte, dass sie zu mir zurückkehren will, darfst du sie nicht daran hindern.«

Francesca sagte, es sei unnötig, ihm ein solches Versprechen abzunehmen, denn sie habe Raniero so lieb, dass nichts sie von ihm trennen könne. Aber Raniero gab das Versprechen sogleich. »Dessen kannst du sicher sein, Jacopo«, sagte er, »dass ich nicht versuchen werde, ein Weib zurückzuhalten, das mir entfliehen will.«

Francesca zog nun zu Raniero, und alles zwischen ihnen war gut. Als sie ein paar Wochen verheiratet waren, kam es Raniero in den Sinn, sich im Scheibenschießen zu üben. Er schoss ein paar Tage lang auf eine Tafel, die an einer Mauer hing. Er wurde bald sehr geschickt und traf jedes Mal ins Schwarze. Schließlich wollte er jedoch versuchen, nach einem schwereren Ziel zu schießen. Er sah sich nach etwas Geeignetem um, entdeckte aber nichts außer einer Wachtel, die in einem Bauer über der Hoftür saß. Der Vogel gehörte Francesca, und sie hatte ihn sehr lieb, aber Raniero schickte gleichwohl einen Knecht hin, damit er den Käfig öffne, und schoss die Wachtel, als sie sich in die Luft schwang.

Dies deuchte ihn ein guter Schuss, und er rühmte sich seiner vor jedem, der es hören wollte.

Als Francesca erfuhr, dass Raniero ihren Vogel totgeschossen hatte, erblasste sie und sah ihn groß an. Sie wunderte sich, dass er etwas hatte tun mögen, was ihr Schmerz verursachen musste. Aber sie verzieh ihm sogleich und liebte ihn wie zuvor.

Wieder ging eine Zeitlang alles gut.

Ranieros Schwiegervater Jacopo war Leinweber. Er hatte eine große Werkstatt, wo es viel zu tun gab. Raniero glaubte herausgefunden zu haben, dass in Jacopos Werkstatt Hanf in den Flachs gemischt werde, und behielt das nicht für sich, sondern sprach hier und dort in der ganzen Stadt davon. Endlich kam dieses Gerede auch Jacopo zu Ohren, und er suchte ihm sogleich ein Ende zu machen. Er ließ von mehreren anderen Leinwebern sein Garn und seine Gewebe untersuchen, und sie fanden, dass alles der feinste Flachs war. Nur in einem Packen, der außerhalb der Stadt Florenz verkauft werden sollte, fanden sie eine kleine Beimischung. Da sagte Jacopo, dass die Betrügerei ohne sein Wissen und seinen Willen von irgendeinem seiner Gesellen begangen worden sein müsse. Er sah jedoch selber ein, dass es ihm schwerfallen würde, die Leute zu bewegen, dies zu glauben. Er hatte immer im Rufe großer Redlichkeit gestanden und empfand es schwer, dass seine Ehre befleckt worden war.

Raniero hingegen brüstete sich, dass es ihm gelungen war, einen Betrug zu entlarven, und prahlte damit, auch wenn Francesca es hörte.

Sie fühlte großen Kummer und zugleich große Verwunderung, wie damals, als er den Vogel totschoss. Während sie noch daran dachte, war es ihr plötzlich, als sähe sie ihre Liebe vor sich, und sie war wie ein großes Stück leuchtenden Goldstoffes. Sie konnte sehen, wie groß die Liebe war und wie schimmernd. Aber aus der einen Ecke war ein Zipfelchen fortgeschnitten, so dass sie nicht mehr so groß und herrlich war wie anfangs. Immerhin war sie noch so wenig beschädigt, dass Francesca dachte: Sie wird schon so lange reichen, wie ich lebe. Sie ist so groß, dass sie nie ein Ende nehmen kann.

Wieder verging eine Zeit, in der sie und Raniero ebenso glücklich waren wie zu Anfang.

Francesca hatte einen Bruder, der Taddeo hieß. Der war auf einer Geschäftsreise in Venedig gewesen, und dort hatte er sich Kleider aus Samt und Seide gekauft. Als er heimkam, ging er herum und prahlte damit, aber in Florenz war es nicht der Brauch, kostbar gekleidet zu gehen, so dass ihrer viele waren, die sich darüber lustig machten.

Eines Nachts waren Taddeo und Raniero in einer Weinschenke. Taddeo hatte einen grünen Mantel mit Zobelfutter und ein violettes Wams an. Raniero verlockte ihn nun, so viel Wein zu trinken, dass er einschlief, dann nahm er ihm seinen Mantel ab und hängte ihn einer Vogelscheuche um, die in einem Kohlbeet stand.

Als Francesca dies erfuhr, grollte sie Raniero wieder. Und zu gleicher Zeit sah sie das große Stück Goldstoff vor sich, das ihre Liebe war, und sie vermeinte zu sehen, wie es kleiner wurde, weil Raniero Stück für Stück abschnitt.

Darnach wurde es zwischen ihnen wieder für eine Zeit gut, aber Francesca war nicht mehr so glücklich wie zuvor, weil sie immer erwartete, Raniero würde eine Tat begehen, die ihrer Liebe schaden könnte.

Das ließ auch nicht lange auf sich warten, denn Raniero konnte sich nicht lange ruhig verhalten. Er wollte, dass die Menschen immer von ihm sprächen und seinen Mut und seine Unerschrockenheit rühmten.

An der Domkirche, die damals in Florenz stand und die viel kleiner war als die jetzige, hing hoch oben auf dem einen Turm ein großer, schwerer Schild; der war von einem der Vorfahren Francescas dort aufgehängt worden. Es soll der schwerste Schild gewesen sein, den ein Mann in Florenz zu tragen vermochte, und das ganze Geschlecht der Uberti war stolz darauf, dass einer von den ihren es vermocht hatte, den Turm zu erklettern und ihn dort aufzuhängen.

Aber nun klomm Raniero eines Tages zu dem Schilde hinauf, hängte ihn sich auf den Rücken und kam damit herunter.

Als Francesca dies vernahm, sprach sie zum ersten Male mit Raniero darüber, was sie quälte, und bat ihn, er solle nicht versuchen, solchermaßen den Stamm zu demütigen, dem sie angehörte. Raniero, der erwartet hatte, dass sie ihn ob seiner Heldentat rühmen würde, wurde sehr zornig. Er sagte, er merke schon lange, dass sie sich seiner Erfolge nicht freue, sondern nur an ihr eigenes Geschlecht denke.

»Ich denke an etwas andres«, sagte Francesca, »das ist meine Liebe. Ich weiß nicht, wie es ihr ergehen soll, wenn du so fortfährst.«

Von da an wechselten sie oftmals böse Worte, denn es zeigte sich, dass Raniero fast immer gerade das tat, was Francesca am wenigsten ertragen konnte.

Es gab in Ranieros Werkstatt einen Gesellen, der klein und hinkend war. Dieser Bursche hatte Francesca geliebt, bevor sie sich verheiratete, und er fuhr auch nach ihrer Heirat fort, sie zu lieben. Raniero, der darum wusste, ließ es sich angelegen sein, ihn zu hänseln, zumal wenn sie bei Tische saßen. Es kam schließlich dazu, dass sich dieser Mann, der es nicht ertragen konnte, in Francescas Gegenwart zum Gespött gemacht zu werden, einmal auf Raniero stürzte und mit ihm kämpfen wollte. Aber Raniero hohnlachte nur und stieß ihn beiseite. Da wollte der Arme nicht länger leben, sondern ging hin und erhängte sich.

Als dies geschah, waren Raniero und Francesca ungefähr ein Jahr verheiratet. Francesca deuchte es noch immer, dass sie ihre Liebe als ein schimmerndes Stück Stoff vor sich sah, aber auf allen Seiten waren große Stücke weggeschnitten, so dass es kaum halb so groß war, als es anfangs gewesen war.

Sie erschrak sehr, als sie dies sah, und dachte: Bleibe ich noch ein Jahr bei Raniero, so wird er meine Liebe zerstört haben. Ich werde ebenso arm sein, wie ich bisher reich gewesen bin.

Da entschloss sie sich, Ranieros Haus zu verlassen und zu ihrem Vater zu gehen und bei ihm zu leben. Auf dass nicht einmal der Tag käme, an dem sie Raniero ebenso sehr hasste, wie sie ihn jetzt liebte!

Jacopo degli Uberti saß an seinem Webstuhl, und alle seine Gesellen arbeiteten um ihn her, als er sie kommen sah. Er sagte, nun sei das eingetroffen, was er schon lange erwartet hätte, und hieß sie willkommen. Er ließ seine Leute sogleich die Arbeit unterbrechen und befahl ihnen, sich zu bewaffnen und das Haus zu verschließen.

Dann begab sich Jacopo zu Raniero. Er traf ihn in der Werkstatt. »Meine Tochter ist heute zu mir zurückgekehrt und hat mich gebeten, wieder unter meinem Dache leben zu dürfen«, sagte er zu seinem Eidam. »Und jetzt erwarte ich, dass du sie nicht zwingst, zu dir zurückzukehren, getreu dem Versprechen, das du mir gegeben hast.«

Raniero schien das nicht sehr ernst zu nehmen, sondern antwortete gleichmütig: »Auch wenn ich dir kein Versprechen gegeben hätte, würde ich nicht verlangen, eine Frau zurückzubekommen, die mir nicht angehören will.«

Er wusste, wie sehr Francesca ihn liebte, und sagte zu sich selbst: Ehe der Abend anbricht, ist sie wieder bei mir.

Sie ließ sich jedoch weder an diesem Tage noch am folgenden blicken.

Am dritten Tage zog Raniero aus und verfolgte ein paar Räuber, die die florentinischen Kaufleute seit langem beunruhigt hatten. Es gelang ihm, sie zu überwinden, und er brachte sie als Gefangene nach Florenz.

Ein paar Tage verhielt er sich still, bis er gewiss sein konnte, dass diese Heldentat in der ganzen Stadt bekannt wäre. Es kam aber nicht so, wie er erwartet hatte, und auch dies führte Francesca nicht zu ihm zurück.

Raniero hätte nun die größte Lust gehabt, sie durch Gesetz und Recht zu zwingen, zu ihm zurückzukehren, aber er glaubte, dass er dies seines

Versprechens wegen nicht tun könne. Es deuchte ihn aber unmöglich, in derselben Stadt mit einer Frau zu leben, die ihn verlassen hatte, und er zog von Florenz fort.

Er wurde zuerst Söldner, und gar bald machte er sich zum Anführer einer Freischar. Er war immer im Kriege und diente vielen Herren.

Er gewann viel Ehre als Krieger, wie er von jeher vorausgesagt hatte. Er wurde vom Kaiser zum Ritter geschlagen und wurde zu den mächtigen Männern gezählt.

Bevor er Florenz verließ, hatte er vor einem heiligen Madonnenbild in der Domkirche das Gelöbnis abgelegt, der Heiligen Jungfrau das Beste und Vornehmste zu schenken, was er in jedem Kampfe erbeuten würde. Vor diesem Bilde sah man immer kostbare Gaben, die von Raniero gespendet waren.

Raniero wusste also, dass alle seine Heldentaten in seiner Geburtsstadt bekannt waren. Er wunderte sich sehr, dass Francesca degli Uberti nicht zu ihm zurückkam, obgleich sie alle seine Erfolge kannte.

Um diese Zeit wurde zu einem Kreuzzug zur Befreiung des Heiligen Grabes gepredigt, und Raniero nahm das Kreuz und zog ins Morgenland. Denn einmal erwartete er, dass er dort

Schlösser und Land gewinnen würde, um darüber zu regieren, und dann dachte er, dass er dadurch in die Lage käme, so glänzende Heldentaten zu vollbringen, dass sein Weib ihn wieder liebgewänne und zu ihm zurückkehrte.

2

In der Nacht nach dem Tage, an dem Jerusalem erobert worden war, herrschte in dem Lager der Kreuzfahrer vor der Stadt große Freude. Fast in jedem Zelte wurden Trinkgelage abgehalten, und das Lachen und Lärmen wurde weit im Umkreise gehört.

Raniero di Ranieri saß mit einigen Kampfgenossen beim Weine, und bei ihm ging es fast noch wilder zu als sonst irgendwo. Die Knappen hatten die Becher kaum gefüllt, als sie auch schon wieder leer waren.

Aber Raniero hatte auch die meiste Ursache, ein großes Fest zu feiern, denn er hatte an diesem Tage höhere Ehre gewonnen denn je zuvor. Am Morgen, als die Stadt gestürmt wurde, war er nächst Gottfried von Bouillon der Erste gewesen, der die Mauern bestiegen hatte, und am Abend war er für seine Tapferkeit vor dem ganzen Heere geehrt worden.

Als das Plündern und Morden ein Ende genommen hatte und die Kreuzfahrer in Büßermänteln mit unentzündeten Wachskerzen in den Händen in die heilige Grabeskirche eingezogen waren, war ihm nämlich von Gottfried verkündet worden, dass er der Erste sein solle, der seine Kerze an den heiligen Flammen entzünden dürfe, die vor Christi Grab brennen. Es deuchte Raniero, dass Gottfried ihm damit zeigen wolle, dass er ihn für den Tapfersten im ganzen Heere ansehe; und er freute sich sehr über die Art, wie er für seine Heldentat belohnt worden war.

Bei einbrechender Nacht, als Raniero und seine Gäste in bester Laune waren, kamen ein Narr und ein paar Spielleute, die überall im Lager umhergewandert waren und alle mit ihren Einfällen ergötzt hatten, in Ranieros Zelt, und der Narr bat um die Erlaubnis, ein spaßhaftes Abenteuer erzählen zu dürfen.

Raniero wusste, dass dieser Narr im Rufe großer Lustigkeit stand, und versprach, seiner Erzählung Gehör zu schenken.

»Es begab sich einmal«, sagte der Narr, »dass unser Herr und der heilige Petrus einen ganzen Tag auf dem höchsten Turme der Burg des Paradieses gesessen und auf die Erde hinuntergesehen hatten. Sie hatten so viel anzugucken gehabt, dass sie kaum Zeit gefunden hatten, ein Wort miteinander zu wechseln. Unser Herr hatte sich die ganze Zeit still verhalten, aber der heilige Petrus hatte bald vor Freude in die Hände geklatscht und bald wieder den Kopf mit Abscheu abgewendet. Bald hatte er gelächelt und gejubelt, und bald hatte er geweint und gejammert. Endlich, als der Tag zur Neige ging und die Abenddämmerung sich auf das Paradies senkte, wendete sich unser Heiland an den heiligen Petrus und sagte, nun müsse er wohl froh und zufrieden sein. ›Womit sollte ich wohl zufrieden sein?‹, fragte da Sankt Petrus in heftigem Tone. – ›Je nun‹, sagte unser Herr sanftmütig, ›ich glaubte, du würdest mit dem, was du heute gesehen hast, zufrieden sein.‹ – Aber der heilige Petrus wollte sich nicht besänftigen lassen. – ›Es ist ja wahr‹, sagte er, ›dass ich so manches liebe Jahr darüber geklagt habe, dass Jerusalem in der Gewalt der Ungläubigen ist, aber nach allem, was sich heute zugetragen hat, meine ich, dass es ebenso gut hätte bleiben können, wie es war.‹«

Raniero begriff nun, dass der Narr davon sprach, was im Laufe des Tages geschehen war. Er und die andern Ritter begannen nun mit größerer Teilnahme zuzuhören als im Anfang.

»Als der heilige Petrus dies gesagt hatte«, fuhr der Narr fort, indem er einen pfiffigen Blick auf die Ritter warf, »beugte er sich über die Zinnen des Turmes und wies zur Erde hinunter. Er zeigte unserm Herrn eine Stadt, die auf einem großen einsamen Felsen lag, der aus einem Gebirgstal aufragte. ›Siehst du diese Leichenhaufen?‹, sagte er, ›und siehst du das Blut, das über die Straßen strömt, und siehst du die nackten elenden Gefangenen, die in der Nachtkälte jammern, und siehst du alle die rauchenden Brandstätten?‹ Unser Herr schien ihm nichts erwidern zu wollen, und der heilige Petrus fuhr mit seinem Gejammer fort. Er sagte, wohl habe er dieser Stadt oft gezürnt, aber so übel habe er ihr doch nicht gewollt, dass es dort einmal so aussehen solle. Da endlich antwortete unser Herr und versuchte einen Einwand. – ›Du kannst doch nicht leugnen, dass die christlichen Ritter ihr Leben mit der größten Unerschrockenheit gewagt haben‹, sagte er.«

Hier wurde der Narr von Beifallsrufen unterbrochen, aber er beeilte sich, fortzufahren.

»Nein, stört mich nicht«, bat er. »Jetzt weiß ich nicht mehr, wo ich geblieben war. Ja, richtig, ich wollte eben sagen, dass der heilige Petrus sich ein paar Tränen wegwischte, die ihm in die Augen getreten waren und ihn am Sehen hinderten. ›Nie hätte ich geglaubt, dass sie solch wilde Tiere sein würden‹, sagte er. ›Sie haben ja den ganzen Tag gemordet und geplündert. Ich verstehe gar nicht, dass du es dir beifallen lassen konntest, dich kreuzigen zu lassen, um dir solche Bekenner zu schaffen.‹«

Die Ritter nahmen den Scherz gut auf. Sie begannen laut und fröhlich zu lachen.

»Was, Narr, der heilige Petrus ist wirklich so böse auf uns?«, rief einer von ihnen.

»Sei jetzt still und lass uns hören, ob unser Herr uns nicht in Schutz genommen hat!«, fiel ein andrer ein.

»Nein, unser Herr schwieg fürs Erste still«, sagte der Narr. »Er wusste von alters her: Wenn Sankt Petrus so recht in Eifer gekommen war, war es vergebliche Mühe, ihm zu widersprechen. Er eiferte weiter und sagte, unser Herr möge nicht einwenden, dass sie sich schließlich doch erinnert hätten, in welche Stadt sie gekommen waren, und auf bloßen Füßen im Büßergewand in die Kirche gegangen wären. Diese Andacht hätte ja gar nicht so lange gedauert, dass es überhaupt lohnte, davon zu sprechen. Und dann beugte er sich noch einmal über die Brüstung hinaus und wies auf Jerusalem hinunter. Er deutete auf das Lager der Christen davor. ›Siehst du, wie deine Ritter ihren Sieg feiern?‹, fragte er. Und unser Herr sah, dass überall im Lager

Trinkgelage gefeiert wurden. Ritter und Knechte saßen da und sahen syrischen Tänzerinnen zu. Gefüllte Becher kreisten, man würfelte um die Kriegsbeute, und –«

»Man hörte Narren an, die alberne Geschichten erzählten«, fiel Raniero ein. »War das nicht auch eine große Sünde?«

Der Narr lachte und nickte Raniero zu, als wollte er sagen: Na, warte nur, ich zahl dir's schon heim.

»Nein, unterbrecht mich nicht«, bat er abermals, »ein armer Narr vergisst so leicht, was er sagen wollte. Ja, richtig, der heilige Petrus fragte unsern Herrn mit der strengsten Stimme, ob er meine, dass ihm dieses Volk große Ehre mache. Darauf musste unser Herr natürlich antworten, dass er das nicht meine. ›Sie waren Räuber und Mörder, ehe sie von daheim auszogen‹, sagte Sankt Petrus, ›und Räuber und Mörder sind sie auch heute noch. Dieses Unternehmen hättest du ebenso gut ungeschehen lassen können. Es kommt nichts Gutes dabei heraus.‹«

»Na, na, Narr!«, sagte Raniero mit warnender Stimme.

Aber der Narr schien eine Ehre dareinzusetzen, zu probieren, wie weit er gehen könne, ohne dass jemand aufspränge und ihn hinauswürfe, und er fuhr unerschrocken fort: »Unser Herr neigte nur den Kopf wie einer, der zugesteht, dass er gerecht gestraft wird. Aber beinahe in demselben Augenblick beugte er sich eifrig vor und sah mit noch größerer Aufmerksamkeit als vorher hinunter. Da guckte Sankt Petrus ebenfalls hin. ›Wonach blickst du denn aus?‹, fragte er.«

Der Narr erzählte dies mit sehr lebhaftem Mienenspiel. Alle Ritter sahen sowohl unsern Herrn als auch Sankt Petrus vor Augen, und sie waren begierig, was es wohl sein mochte, was unser Herr erblickt haben sollte.

»Unser Herr antwortete, es sei nichts Besonderes«, sagte der Narr, »aber er ließ auf jeden Fall nicht davon ab, hinabzublicken. Sankt Petrus folgte der Richtung der Blicke unsres Herrn, und er konnte nichts andres finden, als dass unser Herr dasaß und in ein großes Zelt hinuntersah, vor dem ein paar Sarazenenköpfe auf lange Lanzen gespießt waren, und wo eine Menge prächtiger Teppiche, goldner Tischgefäße und kostbarer Waffen, die in der Heiligen Stadt erbeutet waren, aufgestapelt lagen. In diesem Zelt ging es ebenso zu wie sonst überall im Lager. Da saß eine Schar Ritter und leerte die Becher. Der einzige Unterschied mochte sein, dass hier noch mehr gelärmt und gezecht wurde als an irgendeinem andern Orte. Der heilige Petrus konnte nicht verstehen, warum unser Herr, als er dorthin blickte, so vergnügt war, dass ihm die Freude förmlich aus den Augen leuchtete. So viele strenge und furchtbare Gesichter, wie er dort erblickte, glaubte er kaum je um einen Zechtisch versammelt gesehen zu haben. Und der Wirt bei dem Gastmahl, der am obern Tischende saß, war der Entsetzlichste von allen. Er war ein etwa fünfunddreißigjähriger Mann, furchtbar groß und grob, mit einem roten Gesicht, das von Narben und Schrammen durchkreuzt war, mit harten Fäusten und einer starken, polternden Stimme.«

Hier hielt der Narr einen Augenblick inne, als fürchte er, weiterzugehen, aber Raniero und den andern machte es Spaß, von sich selbst sprechen zu hören, und sie lachten nur über seine Dreistigkeit.

»Du bist ein kecker Bursche«, sagte Raniero, »lass uns nun sehen, wo du hinauswillst!«

»Endlich«, fuhr der Narr fort, »sagte unser Herr ein paar Worte, aus denen Sankt Petrus erriet, was der Grund seiner Freude war. Er fragte Sankt Petrus, ob er fehl sähe oder ob es wirklich so wäre, dass einer der Ritter ein brennendes Licht neben sich hätte.«

Raniero zuckte bei diesen Worten zusammen. Erst jetzt wurde er böse auf den Narren und streckte die Hand nach einem schweren Trinkhumpen aus, um ihn ihm ins Gesicht zu schleudern, aber er bezwang sich, um zu hören, ob der Bursche zu seiner Ehre oder zu seiner Schande sprechen wollte.

»Sankt Petrus sah nun«, erzählte der Narr, »dass das Zelt im Übrigen zwar mit Fackeln beleuchtet war, dass aber einer der Ritter wirklich eine brennende Wachskerze neben sich stehen hatte. Es war eine große dicke Kerze, eine Kerze, die bestimmt war, einen ganzen Tag und eine ganze Nacht zu brennen. Der Ritter, der keinen Leuchter hatte, worein er sie hätte stecken können, hatte eine ganze Menge Steine ringsherum aufgehäuft, damit das Licht stehen könnte.«

Die Tischgesellschaft brach bei diesen Worten in lautes Gelächter aus. Alle wiesen auf ein Licht, das neben Raniero auf dem Tische stand und ganz so aussah, wie der Narr es beschrieben hatte. Aber Raniero stieg das Blut zu Kopfe, denn dies war das Licht, das er vor ein paar Stunden am Heiligen Grabe hatte anzünden dürfen. Er hatte es nicht über sich gebracht, es auszulöschen.

»Als der heilige Petrus dieses Licht sah«, sagte der Narr, »wurde es ihm freilich klar, woran unser Herr seine Freude gehabt hatte, aber zugleich konnte er es nicht lassen, ihn ein wenig zu bemitleiden. ›Ja so‹, sagte er, ›das ist der Ritter, der heute Morgen hinter Herrn Gottfried von Bouillon auf die Mauer sprang und am Abend sein Licht vor allen andern am Heiligen Grabe anzünden durfte.‹ – ›Ja, so ist es‹, sagte unser Herr, ›und wie du siehst, hat er sein Licht noch brennen.‹«

Der Narr sprach jetzt sehr rasch, während er ab und zu einen lauernden Blick auf Raniero warf: »Der heilige Petrus konnte es noch immer nicht lassen, unsern Herrn ein ganz klein wenig zu bemitleiden. ›Verstehst du denn nicht, warum er dieses Licht brennen hat?‹, sagte er. ›Du glaubst wohl, dass er an deine Qual und deinen Tod denke, wenn er es sieht. Aber er denkt an nichts anderes als an den Ruhm, den er errang, als er als der Tapferste im ganzen Heere nach Gottfried von Bouillon anerkannt wurde.‹«

Bei diesen Worten lachten alle Gäste Ranieros. Raniero war sehr zornig, aber er zwang sich, gleichfalls zu lachen. Er wusste, dass alle es lächerlich gefunden hätten, wenn er nicht ein bisschen Spaß vertragen hätte.

»Aber unser Herr widersprach dem heiligen Petrus«, sagte der Narr. »›Siehst du nicht, wie ängstlich er um das Licht besorgt ist?‹, fragte er. ›Er hält die Hand vor die Flamme, sobald jemand das Zelttuch lüftet, aus Furcht, dass die Zugluft es ausblasen könnte. Und er hat vollauf damit zu tun, die Nachtschmetterlinge zu verscheuchen, die herumfliegen und es zu verlöschen drohen.‹«

Es wurde immer herzlicher gelacht, denn was der Narr sagte, war die reine Wahrheit. Raniero fiel es immer schwerer, sich zu beherrschen. Es war ihm, als könne er es nicht ertragen, dass jemand mit der heiligen Lichtflamme seinen Scherz trieb.

»Der heilige Petrus war jedoch misstrauisch«, fuhr der Narr fort. »Er fragte unseren Herrn, ob er diesen Ritter kenne. ›Er ist nicht gerade einer, der häufig zur Messe ginge oder den Betschemel abnützte‹, sagte er. Aber unser Herr ließ sich von seiner Meinung nicht abbringen. ›Sankt Petrus, Sankt Petrus!‹, sagte er feierlich. ›Merke dir, dass der Ritter hier fortan frommer werden wird als Gottfried! Von wo gehen Milde und Frömmigkeit aus, wenn nicht von meinem Grabe? Du wirst Raniero di Ranieri Witwen und notleidenden Gefangenen zu Hilfe kommen sehen. Du wirst sehen, wie er Kranke und Betrübte in seine Hut nimmt, so wie er jetzt die heilige Lichtflamme hütet.‹«

Darüber erhob sich ein ungeheures Gelächter. Es deuchte alle, die Ranieros Laune und Leben kannten, sehr spaßhaft. Aber ihm selbst waren der Scherz und das Gelächter ganz unleidlich. Er sprang auf und wollte den Narren zurechtweisen. Dabei stieß er so heftig an den Tisch, der nichts andres war als eine auf lose Böcke gelegte Tür, dass er wackelte und das Licht umfiel. Es zeigte sich nun, wie sehr es Raniero am Herzen lag, das Licht brennend zu erhalten. Er dämpfte seinen Groll und nahm sich Zeit, das Licht aufzuheben und die Flamme anzufachen, bevor er sich auf den Narren stürzte. Aber als er mit dem Lichte fertig war, war der Narr schon aus dem Zelte geeilt, und Raniero sah ein, dass es nicht der Mühe lohne, ihn im nächtlichen Dunkel zu verfolgen. Ich treffe ihn wohl noch ein andermal, dachte er und setzte sich wieder.

Die Tischgäste hatten inzwischen weidlich gelacht, und einer von ihnen wollte den Spaß fortsetzen und wendete sich an Raniero. »Eins steht aber fest, Raniero, und das ist, dass du diesmal der Madonna in Florenz nicht das Kostbarste schicken kannst, was du im Kampfe errungen hast«, sagte er.

Raniero fragte, warum er glaube, dass er diesmal seinem alten Brauche nicht treu bleiben würde.

»Aus keinem andern Grunde«, sagte der Ritter, »als weil das Kostbarste, was du errungen hast, diese Lichtflamme ist, die du angesichts des ganzen Heeres in der heiligen Grabeskirche entzünden durftest. Und die nach Florenz zu schicken, wirst du wohl nicht imstande sein.«

Wieder lachten die anderen Ritter, aber Raniero war jetzt in einer Laune, dass er das Verwegenste unternommen hätte, nur um ihrem Gelächter ein Ende zu machen. Er fasste rasch seinen Entschluss, rief einen alten Waffenträger zu sich und sagte zu ihm: »Mache dich zu langer Fahrt bereit, Giovanni! Morgen sollst du mit dieser heiligen Lichtflamme nach Florenz ziehen.«

Aber der Waffenträger weigerte sich schlankweg, diesen Befehl auszuführen. »Dies ist etwas, was ich nicht auf mich nehmen will«, sagte er. »Wie sollte es möglich sein, mit einer Lichtflamme nach Florenz zu reiten? Sie würde erlöschen, ehe ich noch das Lager verlasse.«

Raniero fragte einen seiner Mannen nach dem andern. Er erhielt von allen dieselbe Antwort. Sie schienen seinen Befehl kaum ernst zu nehmen.

Natürlich lachten die fremden Ritter, die seine Gäste waren, immer lauter und fröhlicher, je deutlicher es sich zeigte, dass keiner von den Mannen Ranieros Befehl ausführen wollte.

Raniero geriet in immer größere Erregung. Schließlich verlor er die Geduld und rief: »Diese Lichtflamme wird dennoch nach Florenz gebracht werden, und da kein andrer damit hinreiten will, werde ich es selbst tun.«

»Bedenke dich, bevor du so etwas versprichst!«, sagte ein Ritter. »Du reitest von einem Fürstentum fort!«

»Ich schwöre euch, dass ich diese Lichtflamme nach Florenz bringen werde!«, rief Raniero. »Ich werde tun, was kein anderer auf sich nehmen wollte.«

Der alte Waffenträger verteidigte sich: »Herr, für dich ist es ein ander Ding. Du kannst ein großes Gefolge mitnehmen, aber mich wolltest du allein ausschicken.«

Raniero jedoch war ganz außer sich und überlegte seine Worte nicht. »Ich werde auch allein ziehen«, sagte er.

Aber damit hatte Raniero sein Ziel erreicht. Alle im Zelte hatten zu lachen aufgehört. Sie saßen erschrocken da und starrten ihn an.

»Warum lacht ihr nicht mehr?«, fragte Raniero. »Für einen tapfern Mann ist dies Beginnen wohl für nichts mehr zu achten als ein Kinderspiel.«

3

Am nächsten Morgen, bei Tagesgrauen, bestieg Raniero sein Pferd. Er trug die volle Rüstung, aber darüber hatte er einen groben Pilgermantel geworfen, damit das Eisenkleid von den Sonnenstrahlen nicht allzu sehr erhitzt werde. Er war mit einem Schwert und einer Streitaxt bewaffnet und ritt ein gutes Pferd. Ein brennendes Licht hielt er in der Hand, und am Sattel hatte er ein paar große Bündel langer Wachskerzen befestigt, damit die Flamme nicht aus Mangel an Nahrung sterbe.

Raniero ritt langsam durch die überfüllte Zeltstraße, und so lange ging alles gut. Es war noch so früh, dass die Nebel, die aus den tiefen Tälern rings um Jerusalem aufgestiegen waren, sich nicht zerstreut hatten, und Raniero ritt wie durch eine weiße Nacht. Das ganze Lager schlief, und Raniero kam leicht an den Wachtposten vorbei. Keiner von ihnen rief ihn an, denn durch den dichten Nebel konnten sie ihn nicht sehen, und auf den Wegen lag fußhoher

Staub, der die Schritte des Pferdes unhörbar machte.

Raniero war bald aus dem Bereiche des Lagers und schlug die Straße ein, die nach Joppe führte. Er hatte nun einen bessern Weg, aber er ritt noch immer ganz langsam, der Lichtflamme wegen. Die brannte schlecht in dem dichten Nebel, mit einem rötlichen, zitternden Schein. Und immer wieder kamen große Insekten, die mit knatternden Flügelschlägen gerade ins Licht stürzten. Raniero hatte vollauf damit zu tun, es zu hüten, aber er war guten Mutes und meinte noch immer, dass die Aufgabe, die er sich gestellt hätte, nicht schwerer wäre, als dass ein Kind sie bewältigen könnte.

Doch das Pferd ermüdete bei dem langsamen Trott und setzte sich in Trab. Da begann die Lichtflamme in der Zugluft zu zucken. Es half nichts, dass Raniero sie mit der Hand und mit dem Mantel zu schützen suchte. Er sah, dass sie ganz nahe daran war, zu erlöschen.

Aber er war durchaus nicht gewillt, sein Vorhaben so bald aufzugeben. Er hielt das Pferd an und saß ein Weilchen still und grübelte. Schließlich sprang er aus dem Sattel und versuchte, sich rücklings daraufzusetzen, so dass er die Flamme mit seinem Körper vor Wind und Zug schützte.

So gelang es ihm, sie brennend zu erhalten, aber er merkte jetzt, dass die Reise sich beschwerlicher gestalten würde, als er anfangs geglaubt hatte.

Als er die Berge, die Jerusalem umgeben, hinter sich gelassen hatte, hörte der Nebel auf. Er ritt nun durch die tiefste Einsamkeit. Es gab weder Menschen noch Häuser, noch grüne Bäume oder Pflanzen, nur kahle Höhen.

Hier wurde Raniero von Räubern angefallen. Es war loses Gesindel, das dem Heere ohne Erlaubnis folgte und vom Rauben und Plündern lebte. Sie hatten hinter einem Hügel im Hinterhalt gelegen, und Raniero, der rücklings ritt, sah sie erst, als sie ihn schon umringt hatten und ihre Schwerter gegen ihn zückten.

Es waren etwa zwölf Männer, sie sahen recht jämmerlich aus und ritten auf erbärmlichen Pferden. Raniero sah gleich, dass es ihm nicht schwerfallen konnte, sich einen Weg durch die Schar zu bahnen und von dannen zu reiten. Aber er begriff, dass dies sich nicht tun ließe, ohne dass er das Licht von sich werfe. Und er wollte nach den stolzen Worten, die er heute Nacht gesprochen hatte, nicht so leicht von seinem Vorsatz abstehen.

Er sah daher keinen anderen Ausweg, als mit

den Räubern ein Übereinkommen zu schließen. Er sagte, dass es ihnen, da er wohlbewaffnet sei und ein gutes Pferd reite, schwerfallen würde, ihn zu überwinden, wenn er sich verteidige. Aber da er durch ein Gelöbnis gebunden sei, wolle er keinen Widerstand leisten, sondern sie dürften ohne Kampf alles nehmen, was sie begehrten, wenn sie nur versprächen, sein Licht nicht auszulöschen.

Die Räuber hatten sich auf einen harten Strauß gefasst gemacht. Sie waren über Ranieros Vorschlag sehr erfreut und machten sich sogleich daran, ihn auszuplündern. Sie nahmen ihm Rüstung und Ross, Waffen und Geld. Das Einzige, was sie ihm ließen, waren der grobe Mantel und die beiden Kerzenbündel. Sie hielten auch ehrlich ihr Versprechen, die Lichtflamme nicht zu löschen.

Einer von ihnen hatte sich auf Ranieros Pferd geschwungen. Als er merkte, wie gut es war, schien er ein wenig Mitleid mit dem Ritter zu empfinden. Er rief ihm zu: »Siehst du, wir wollen nicht gar zu hart gegen einen Christenmenschen sein. Du sollst mein altes Pferd haben, um darauf zu reiten.«

Es war eine elende Schindmähre und bewegte sich so starr und steif, als wenn es aus Holz wäre.

Als die Räuber endlich verschwunden waren und Raniero daranging, sich auf den elenden Klepper zu setzen, sagte er zu sich selbst: »Ich muss wohl von dieser Lichtflamme verhext sein. Um ihretwillen reite ich nun wie ein toller Bettler meinen Weg.«

Er sah ein, dass es das Klügste gewesen wäre, umzukehren, weil das Vorhaben wirklich unausführbar war. Aber ein so heftiges Verlangen, es zu vollbringen, war über ihn gekommen, dass er der Lust nicht widerstehen konnte, auszuharren.

Er zog also weiter. Noch immer sah er dieselben kahlen, lichtgelben Höhen um sich.

Nach einer Weile ritt er an einem jungen Hirten vorbei, der vier Ziegen hütete. Als Raniero die Tiere auf dem nackten Boden weiden sah, fragte er sich, ob sie wohl Erde äßen.

Dieser Hirte hatte wahrscheinlich früher eine größere Herde besessen, die ihm von den Kreuzfahrern gestohlen worden war. Als er nun einen einsamen Christen heranreiten sah, suchte er ihm alles Böse zu tun, was er nur konnte. Er stürzte auf ihn zu und schlug mit seinem Stab nach seinem Lichte. Raniero war von der Lichtflamme so gefesselt, dass er sich nicht einmal gegen einen Hirten verteidigen konnte. Er zog nur das Licht an sich, um es zu schützen. Der Hirte schlug noch ein paarmal danach, aber dann blieb er erstaunt stehen und hörte zu schlagen auf. Er sah, dass Ranieros Mantel in Brand geraten war, aber Raniero tat nichts, um das Feuer zu ersticken, solange die Lichtflamme in Gefahr war. Man sah es dem Hirten an, dass er sich schämte. Er folgte Raniero lange nach, und an einer Stelle, wo der Weg sehr schmal an zwei Abgründen vorüberging, kam er heran und führte sein Pferd.

Raniero lächelte und dachte, dass der Hirte ihn sicherlich für einen heiligen Mann halte, der eine Bußübung vornehme.

Gegen Abend begannen Raniero Menschen entgegenzukommen. Es war nämlich so, dass das Gerücht vom Falle Jerusalems sich schon während der Nacht die Küste entlang verbreitet hatte, und eine Menge Leute hatte sich sogleich bereit gemacht, hinzuziehen. Es waren Pilger, die schon jahrelang auf die Gelegenheit warteten, Jerusalem zu betreten, es waren nachgesendete Truppen, und vor allem waren es Kaufleute, die mit Wagenladungen von Lebensmitteln hineilten.

Als diese Scharen Raniero begegneten, der rücklings mit einem brennenden Lichte in der Hand geritten kam, riefen sie: »Ein Toller, ein Toller!«

Die meisten waren Italiener, und Raniero hörte, wie sie in seiner eigenen Zunge riefen: Pazzo, pazzo!, was ein Toller, ein Toller! bedeutet.

Raniero, der sich den ganzen Tag so wohl im Zaum zu halten verstanden hatte, wurde durch diese sich stets wiederholenden Rufe heftig gereizt. Mit einem Male sprang er aus dem Sattel und begann mit seinen Fäusten die Rufenden zu züchtigen. Als die Leute merkten, wie schwer die Schläge waren, die da fielen, entstand eine allgemeine Flucht, und er stand bald allein auf dem Wege.

Nun kam Raniero wieder zu sich selbst. »Wahrlich, sie hatten recht, als sie dich einen Tollen nannten«, sagte er, indem er sich nach dem Lichte umsah, denn er wusste nicht, was er damit angefangen hatte. Endlich sah er, dass es vom Wege in einen Graben gekollert war. Die Flamme war erloschen, aber er sah Feuer in einem trockenen Grasbüschel dicht daneben glimmen und begriff, dass das Glück ihn nicht verlassen hatte, denn das Licht musste das Gras in Brand gesetzt haben, bevor es erloschen war.

Dies hätte leicht ein trauriges Ende großer Mühsal werden können, dachte er, während er das Licht entzündete und sich wieder in den Sattel schwang. Er fühlte sich recht gedemütigt. Es kam ihm jetzt nicht sehr wahrscheinlich vor, dass seine Fahrt gelingen würde.

Gegen Abend kam Raniero nach Ramle und ritt dort zu einem Hause, wo Karawanen Herberge für die Nacht zu suchen pflegten. Es war ein großer überbauter Hof. Ringsum waren kleine Verschläge, wo die Reisenden ihre Pferde einstellen konnten. Es gab keine Stuben, sondern die Menschen schliefen neben den Tieren.

Es war schon eine große Menschenmenge da, aber der Wirt schaffte doch Raum für Raniero und sein Pferd. Er gab auch dem Pferde Futter und dem Reiter Nahrung.

Als Raniero merkte, dass er so gut behandelt wurde, dachte er: Ich fange fast zu glauben an, dass die Räuber mir einen Dienst erwiesen haben, als sie mir meine Rüstung und mein Pferd raubten. Sicherlich komme ich mit meiner Bürde leichter durchs Land, wenn man mich für einen Wahnsinnigen hält.

Als Raniero das Pferd in den Stand geführt hatte, setzte er sich auf einen Bund Stroh und behielt das Licht in den Händen. Es war seine Absicht, nicht zu schlafen, sondern die ganze Nacht wach zu bleiben.

Doch kaum hatte sich Raniero niedergesetzt,

als er auch schon einschlummerte. Er war furchtbar müde, er streckte sich im Schlafe aus, so lang er war, und schlief bis zum Morgen.

Als er erwachte, sah er weder die Lichtflamme noch die Kerze. Er suchte im Stroh danach, fand sie aber nirgends.

»Jemand wird sie mir weggenommen und ausgelöscht haben«, sagte er. Und er versuchte zu glauben, dass er sich freue, weil alles aus war und er ein unmögliches Vorhaben nicht zu verfolgen brauchte.

Aber während er so dachte, empfand er zugleich eine innere Leere und Trauer. Es war ihm, als hätte er sich das Gelingen eines Vorsatzes nie sehnlicher gewünscht als eben diesmal.

Er führte das Pferd aus dem Stande, striegelte es und legte den Sattel auf.

Als er fertig war, kam der Wirt, dem die Karawanserei gehörte, mit einem brennenden Lichte auf ihn zu. Er sagte auf Fränkisch: »Ich musste dir gestern dein Licht nehmen, als du einschliefst, aber hier hast du es wieder.«

Raniero ließ sich nichts anmerken, sondern sagte ganz gelassen: »Es war klug von dir, dass du es ausgelöscht hast.«

»Ich habe es nicht ausgelöscht«, sagte der Mann. »Ich sah, dass du es brennen hattest, als du kamst, und ich glaubte, es sei von Gewicht für dich, dass es weiter brenne. Wenn du siehst, um wie viel es sich verringert hat, wirst du begreifen, dass es die ganze Nacht gebrannt hat.«

Raniero strahlte vor Freude. Er rühmte den Wirt sehr und ritt in bester Laune weiter.

4

Als Raniero von Jerusalem aufbrach, hatte er den Seeweg von Joppe nach Italien nehmen wollen. Aber er änderte diesen Entschluss, als die Räuber ihn um sein Geld plünderten, und beschloss, über Land zu ziehen.

Es war eine lange Reise. Er zog von Joppe nördlich, der Küste Syriens entlang. Dann ging die Fahrt nach Westen, längs der Halbinsel von Kleinasien. Dann wieder nördlich bis hinauf nach Konstantinopel. Und von dort hatte er noch eine ansehnliche Strecke Wegs bis Florenz.

Während dieser ganzen Zeit lebte Raniero von frommen Gaben. Meistens waren es die Pilger, die nun in Massen nach Jerusalem strömten, die ihr Brot mit ihm teilten.

Obgleich Raniero fast immer allein ritt, waren seine Tage weder lang noch einförmig. Er hatte allezeit die Lichtflamme zu hüten und konnte sich um ihretwillen niemals ruhig fühlen. Es brauchte nur ein Wind, nur ein Regentropfen zu kommen, und es war um sie geschehen.

Während Raniero einsame Wege ritt und nur daran dachte, die Lichtflamme am Leben zu erhalten, kam es ihm in den Sinn, dass er schon einmal zuvor etwas Ähnliches erlebt hatte. Er hatte schon einmal zuvor einen Menschen über etwas wachen sehen, was ebenso verletzlich war wie eine Lichtflamme.

Dies schwebte ihm anfangs so undeutlich vor, dass er nicht recht wusste, ob es etwas war, was er geträumt hatte.

Aber während er einsam durch das Land zog, kam der Gedanke, dass er schon einmal etwas Ähnliches miterlebt habe, unablässig wieder.

»Es ist, als hätte ich mein ganzes Leben lang von nichts anderm gehört«, sagte er.

Eines Abends ritt Raniero in eine Stadt ein. Es dunkelte, und die Frauen standen in den Türen und schauten nach ihren Männern aus. Da sah Raniero eine, die hoch und schlank war und ernste Augen hatte. Sie erinnerte ihn an Francesca degli Uberti.

In demselben Augenblick gelangte Raniero zur Klarheit, worüber er nachgegrübelt hatte. Er dachte, dass für Francesca ihre Liebe sicherlich wie eine Lichtflamme gewesen war, die sie immer brennend hatte erhalten wollen und von der sie stets gefürchtet hatte, dass Raniero sie verlöschen würde. Er wunderte sich über diesen Gedanken, aber immer mehr ward es ihm zur Gewissheit, dass es sich so verhielt. Zum ersten Male begann er zu verstehen, warum Francesca ihn verlassen hatte und dass er sie nicht durch Waffentaten wiedererobern konnte.

*

Ranieros Reise wurde sehr langwierig. Und dies nicht zum wenigsten darum, weil er sie nicht fortsetzen konnte, wenn das Wetter ungünstig war. Dann saß er in der Karawanserei und bewachte die Lichtflamme. Das waren sehr harte Tage.

Eines Tages, als Raniero über den Berg Libanon ritt, sah er, dass sich die Wolken zu einem Unwetter zusammenzogen. Er war da hoch oben zwischen furchtbaren Klüften und Abstürzen, fern von allen menschlichen Behausungen. Endlich erblickte er auf einer Felsspitze ein sarazenisches Heiligengrab. Es war ein kleiner viereckiger Steinbau mit gewölbtem Dache. Es deuchte ihn am besten, seine Zuflucht dorthin zu nehmen.

Kaum war Raniero hineingekommen, als ein Schneesturm losbrach, der zwei Tage raste. Zugleich kam eine so furchtbare Kälte, dass er nahe daran war zu erfrieren.

Raniero wusste, dass es draußen auf dem Berge genug Zweige und Reisig gab, so dass es ein Leichtes für ihn gewesen wäre, Brennstoff zu einem Feuer zu sammeln. Allein er hielt die Lichtflamme, die er trug, sehr heilig und wollte mit ihr nichts andres entzünden als die Lichter vor dem Altar der Heiligen Jungfrau.

Das Unwetter wurde immer ärger, und schließlich hörte er heftiges Donnern und sah Blitze.

Und ein Blitz schlug auf dem Berge dicht vor dem Grabe ein und entzündete einen Baum. Und so hatte Raniero eine Flamme, ohne dass er das heilige Feuer anzutasten brauchte.

*

Als Raniero durch einen öden Teil der Berggegend von Cilicien ritt, ging sein Licht zur Neige. Die Kerzenbündel, die er von Jerusalem mitgebracht hatte, waren längst aufgebraucht, aber er hatte sich doch weiterhelfen können, weil auf dem ganzen Wege christliche Gemeinden gewesen waren, wo er sich neue Lichter erbetteln konnte.

Aber nun war sein Vorrat zu Ende, und er glaubte, dass dies das Ende seiner Fahrt sein würde.

Als das Licht so tief herabgebrannt war, dass die Flamme seine Hand versengte, sprang er vom Pferde, sammelte Reisig und trockenes Gras und entzündete dies mit dem letzten Überbleibsel der Flamme. Aber auf dem Berge fand sich nicht viel, was brennen konnte, und das Feuer musste bald verlöschen.

Wie Raniero so saß und sich darüber betrübte, dass die heilige Flamme sterben musste, hörte er vom Wege her Gesang, und eine Prozession von Wallfahrern kam mit Kerzen in den Händen den Pfad herangezogen. Sie waren auf dem Wege zu einer Grotte, in der ein heiliger Mann gelebt hatte, und Raniero schloss sich ihnen an. Unter ihnen befand sich auch eine Frau, die alt war und nur schwer gehen konnte, und Raniero half ihr und schleppte sie den Berg hinauf.

Als sie ihm dann dankte, machte er ihr ein Zeichen, dass sie ihm ihre Kerze geben möge. Und sie tat es, und auch mehrere andre schenkten ihm die Kerzen, die sie trugen.

Er löschte die Lichter und eilte den Pfad hinunter und entzündete eines von ihnen an der letzten Glut des Feuers, das von der heiligen Flamme entzündet war.

*

Einmal um die Mittagsstunde war es sehr heiß, und Raniero hatte sich in ein Gebüsch schlafen gelegt. Er schlief tief, und das Licht stand zwischen ein paar Steinen neben ihm. Aber als Raniero ein Weilchen geschlafen hatte, begann es zu regnen, und dies dauerte ziemlich lange, ohne dass er erwachte. Als er endlich aus dem Schlummer auffuhr, war der Boden rings um ihn nass, und er wagte kaum zu dem Lichte hinzusehen, aus Furcht, dass es erloschen sein könnte.

Aber das Licht brannte still und ruhig mitten im Regen, und Raniero sah, dass dies daher kam, dass zwei kleine Vögelchen über der Flamme flogen und flatterten. Sie schnäbelten sich und hielten die Flügel ausgebreitet, und so hatten sie die Lichtflamme vor dem Regen geschützt.

Raniero nahm sogleich seine Kapuze ab und hing sie über das Licht. Dann streckte er die Hand nach den kleinen Vögeln aus, denn er hatte Lust, sie zu liebkosen. Und sieh da, keiner von ihnen flog von ihm fort, sondern er konnte sie einfangen.

Raniero staunte sehr, dass die Vögel keine Angst vor ihm hatten. Aber er dachte: Das kommt daher, dass sie wissen, dass ich keinen andern Gedanken habe, als das zu schützen, was das Schutzbedürftigste ist, darum fürchten sie mich nicht.

*

Raniero ritt in der Nähe von Nicäa. Da begegnete er ein paar abendländischen Rittern, die ein Entsatzheer ins Heilige Land führten. In dieser Schar befand sich auch Robert Taillefer, der ein wandernder Ritter und Troubadour war.

Raniero kam in seinem fadenscheinigen Mantel mit dem Lichte in der Hand herangeritten, und die Krieger begannen wie gewöhnlich zu rufen: »Ein Toller, ein Toller!« Aber Robert hieß sie schweigen und sprach den Reiter an. »Bist du lange so gezogen?«, fragte er ihn.

»Ich bin von Jerusalem hergeritten«, antwortete Raniero.

»Ist dein Licht unterwegs nicht oftmals erloschen?«

»An meiner Kerze brennt noch dieselbe Flamme, wie da ich von Jerusalem auszog«, sagte Raniero.

Da sprach Robert Taillefer zu ihm: »Ich bin auch einer von denen, die eine Flamme tragen, und ich wollte, dass sie ewig brennen könnte. Aber vielleicht kannst du, der du dein Licht brennend von Jerusalem hergebracht hast, mir sagen, was ich tun soll, damit sie nicht erlösche.«

Da erwiderte Raniero: »Herr, das ist ein schweres Beginnen, obgleich es von geringem Gewichte scheint. Ich will Euch wahrlich nicht zu solch einem Vorhaben raten. Denn diese kleine Flamme verlangt von Euch, dass Ihr ganz aufhört, an etwas andres zu denken. Sie gestattet Euch nicht, eine Liebste zu haben, falls Ihr zu derlei geneigt sein solltet, auch dürft Ihr es um dieser Flamme willen nicht wagen, Euch bei einem Trinkgelage niederzulassen. Ihr dürft nichts andres im Sinne haben als eben diese Flamme, und keine andre Freude darf Euch eigen sein. Aber warum ich Euch vor allem abrate, dieselbe Fahrt zu tun, die ich nun versucht habe, das ist, weil Ihr Euch keinen Augenblick sicher fühlen könnt. Aus wie vielen Gefahren Ihr auch die Flamme gerettet haben mögt, Ihr dürft Euch doch keinen Augenblick geborgen wähnen, sondern Ihr müsst darauf gefasst sein, dass sie Euch im nächsten Augenblick entrissen werde.«

Aber Robert Taillefer warf den Kopf stolz zurück und sagte: »Was du für deine Lichtflamme getan hast, das werde ich auch für die meine zu tun wissen.«

*

Raniero war nach Italien gekommen. Er ritt eines Tages auf einsamen Pfaden durch das Gebirge. Da kam ihm eine Frau nachgeeilt und bat ihn um Feuer von seinem Lichte. »Bei mir ist das Feuer erloschen«, sagte sie, »meine Kinder hungern. Leihe mir Feuer, damit ich meinen Ofen wärmen und ihnen Brot backen kann!«

Sie streckte die Hand nach dem Lichte aus, aber Raniero entzog es ihr, weil er nicht zulassen wollte, dass etwas andres an dieser Flamme entzündet werde als die Lichter vor dem Bilde der Heiligen Jungfrau.

Da sagte die Frau zu ihm: »Gib mir Feuer, Pilger, denn meiner Kinder Leben ist die Flamme, die brennend zu bewahren mir auferlegt ist!« Und um dieser Worte willen ließ Raniero sie den Docht ihrer Lampe an seiner Flamme entzünden.

Einige Stunden später ritt Raniero in ein Dorf. Es lag hoch oben auf dem Berge, so dass bittre Kälte dort herrschte. Ein junger Bauer stand am Wege und sah den armen Mann, der in seinem fadenscheinigen Rocke geritten kam. Rasch nahm er den kurzen Mantel ab, den er trug, und warf ihn dem Reiter zu. Aber der Mantel fiel gerade auf das Licht und löschte die Flamme.

Da erinnerte sich Raniero an die Frau, die Feuer von ihm geliehen hatte. Er kehrte zu ihr zurück und entzündete sein Licht wiederum mit heiligem Feuer.

Als er weiterreiten wollte, sagte er zu ihr: »Du sagst, die Lichtflamme, die du zu hüten hast, sei das Leben deiner Kinder. Kannst du mir sagen, welchen Namen die Lichtflamme trägt, die ich so weither bringe?«

»Wo wurde deine Lichtflamme entzündet?«, fragte die Frau.

»Sie wurde an Christi Grab entzündet.«

»Dann kann sie wohl nicht anders heißen als Milde und Menschenliebe«, sagte sie.

Raniero musste über die Antwort lachen. Er deuchte sich ein seltsamer Apostel für solche Tugenden.

*

Raniero ritt zwischen blauen Hügeln von schöner Gestalt. Er sah, dass er sich in der Nähe von Florenz befand.

Er dachte daran, dass er nun bald von der Lichtflamme befreit sein würde. Er erinnerte sich an sein Zelt in Jerusalem, das er voll Kriegsbeute zurückgelassen hatte, und an die tapferen Krieger, die er noch in Palästina hatte und die sich freuen würden, wenn er das Kriegerhandwerk wieder aufnähme und sie zu Siegen und Eroberungen führte.

Da merkte Raniero, dass er keineswegs Freude empfand, wenn er daran dachte, sondern dass seine Gedanken lieber eine andre Richtung nahmen.

Raniero sah zum ersten Male ein, dass er nicht mehr derselbe Mann war, als der er Jerusalem verlassen hatte. Dieser Ritt mit der Lichtflamme hatte ihn gezwungen, sich an allen zu freuen, die friedfertig und klug und barmherzig waren, und die Wilden und Streitsüchtigen zu verabscheuen.

Er wurde jedes Mal froh, wenn er an Menschen dachte, die friedlich in ihrem Heim arbeiteten, und es ging ihm durch den Sinn, dass er gern in seine alte Werkstatt in Florenz einziehen und schöne, kunstreiche Arbeit verfertigen wolle.

Wahrlich, diese Flamme hat mich umgewandelt, dachte er. Ich glaube, sie hat einen andern Menschen aus mir gemacht.

5

Es war Ostern, als Raniero in Florenz einritt. Kaum war er durch das Stadttor gekommen, rücklings reitend, die Kapuze über das Gesicht gezogen und das brennende Licht in der Hand, als auch schon ein Bettler aufsprang und das gewohnte »Pazzo, pazzo!« rief.

Auf diesen Ruf stürzte ein Gassenjunge aus einem Torweg, und ein Tagedieb, der die längste Zeit nichts andres zu tun gehabt hatte, als dazuliegen und den Himmel anzugucken, sprang auf seine Füße. Und beide begannen dasselbe zu rufen: »Pazzo, pazzo!«

Da ihrer nun drei waren, die schrien, so machten sie Lärm genug, um alle Burschen aus der ganzen Straße aufzuscheuchen. Diese kamen aus Ecken und Winkeln herbeigestürzt, und sowie sie Raniero in seinem fadenscheinigen Mantel auf seinem elenden Klepper gewahrten, riefen sie: »Pazzo, pazzo!«

Aber dies war nichts andres, als woran Raniero schon gewöhnt war. Er ritt still durch die Gasse, ohne die Schreier zu beachten.

Sie begnügten sich jedoch nicht damit, zu rufen, sondern einer von ihnen sprang in die Höhe und versuchte das Licht auszublasen.

Raniero hob das Licht empor. Zugleich versuchte er, das Pferd anzutreiben, um den Jungen zu entkommen.

Doch die hielten gleichen Schritt mit ihm und taten alles, was sie konnten, um das Licht auszulöschen.

Je mehr Raniero sich anstrengte, die Flamme zu behüten, desto eifriger wurden sie. Sie sprangen einander auf den Rücken, sie bliesen die Backen auf und pusteten. Sie warfen ihre Mützen nach dem Licht. Nur weil ihrer so viele waren und sie einander wegdrängten, gelang es ihnen nicht, die Lichtflamme zu töten.

Auf der Gasse herrschte das fröhlichste Treiben. An den Fenstern standen Leute und lachten. Niemand fühlte Mitleid mit dem Verrückten, der seine Lichtflamme verteidigen wollte. Es war Kirchenzeit, und viele Kirchenbesucher waren auf dem Wege zur Messe. Auch sie blieben stehen und lachten über den Spaß.

Aber nun stand Raniero aufrecht im Sattel, um das Licht zu bergen. Er sah wild aus. Die Kapuze war hinabgesunken, und man sah sein Gesicht, das bleich und abgezehrt war wie das eines Märtyrers. Das Licht hielt er erhoben, so hoch er vermochte.

Die ganze Gasse war ein einziges Gewühl. Auch die Älteren begannen an dem Spiele teilzunehmen. Die Frauen wehten mit ihren Kopftüchern, und die Männer schwenkten die Barette. Alle arbeiteten daran, das Licht zu verlöschen.

Raniero ritt nun an einem Hause vorbei, das einen Altan hatte. In diesem stand eine Frau. Sie beugte sich über das Geländer, riss das Licht an sich und eilte damit hinein.

Das ganze Volk brach in schallendes Gelächter und Jubel aus, aber Raniero wankte im Sattel und stürzte auf die Straße.

Aber wie er da ohnmächtig und geschlagen lag, wurde die Straße sogleich menschenleer.

Keiner wollte sich des Gefallenen annehmen. Sein Pferd allein blieb neben ihm stehen.

Sowie die Volksmenge sich von der Straße zurückgezogen hatte, kam Francesca degli Uberti mit einem brennenden Lichte in der Hand aus ihrem Hause. Sie war noch schön, ihre Züge waren sanft, und ihre Augen ernst und tief.

Sie ging auf Raniero zu und beugte sich über ihn. Raniero lag bewusstlos, aber in dem Augenblick, in dem der Lichtschein auf sein Antlitz fiel, machte er eine Bewegung und fuhr auf. Es sah aus, als ob die Lichtflamme alle Macht über ihn hätte.

Als Francesca sah, dass er zur Besinnung erwacht war, sagte sie: »Hier hast du dein Licht. Ich entriss es dir, weil ich sah, wie sehr es dir am Herzen lag, es brennend zu erhalten. Ich wusste keinen andern Weg, um dir zu helfen.«

Raniero hatte sich beim Fallen übel zugerichtet. Aber nun konnte niemand ihn halten. Er begann sich langsam aufzurichten. Er wollte gehen, schwankte aber und war nahe daran, wieder zu fallen. Da versuchte er sein Pferd zu besteigen. Francesca half ihm.

»Wo willst du hin?«, fragte sie, als er wieder im Sattel saß.

»Ich will zur Domkirche«, sagte er.

»Dann will ich dich geleiten«, sagte sie, »denn ich gehe zur Messe.« Und sie nahm den Zügel und führte sein Pferd.

Francesca hatte Raniero vom ersten Augenblick an erkannt. Aber Raniero sah nicht, wer sie war, denn er gönnte sich nicht die Zeit, sie zu betrachten. Er hielt den Blick nur auf die Lichtflamme geheftet.

Auf dem Wege sprachen sie kein Wort. Raniero dachte nur an die Lichtflamme, daran, sie in diesen letzten Augenblicken wohl zu hüten. Francesca konnte nicht sprechen, weil sie es deuchte, dass sie nicht klaren Bescheid über das haben wolle, was sie fürchtete. Sie konnte nichts andres glauben, als dass Raniero wahnsinnig heimgekommen wäre. Aber obgleich sie beinahe davon überzeugt war, wollte sie doch lieber nicht mit ihm sprechen, um nicht volle Gewissheit zu erlangen.

Nach einer Weile hörte Raniero, wie jemand neben ihm weinte. Er sah sich um und merkte, dass es Francesca degli Uberti war, die neben ihm ging, und wie sie so ging, weinte sie. Aber Raniero sah sie nur einen Augenblick und sagte nichts zu ihr. Er wollte nur an die Lichtflamme denken.

Raniero ließ sich zur Sakristei führen. Da stieg er vom Pferde. Er dankte Francesca für ihre Hilfe, sah aber noch immer nicht sie an, sondern das Licht. Er ging allein in die Sakristei zu den Geistlichen.

Francesca trat in die Kirche. Es war Karsamstagabend, und alle Lichter in der Kirche standen unentzündet auf ihren Altären, zum Zeichen der Trauer. Francesca deuchte es, dass auch bei ihr jede Flamme der Hoffnung, die einst in ihr gebrannt hatte, erloschen wäre.

In der Kirche ging es sehr feierlich zu. Vor dem Altare standen viele Priester. Zahlreiche Domherren saßen im Chore, der Bischof zuoberst unter ihnen.

Nach einer Weile merkte Francesca, dass unter den Geistlichen eine Bewegung entstand. Beinahe alle, die nicht bei der Messe anwesend sein mussten, erhoben sich und gingen in die Sakristei. Schließlich ging auch der Bischof.

Als die Messe zu Ende war, betrat ein Geistlicher den Chor und begann zum Volke zu sprechen. Er erzählte, dass Raniero di Ranieri mit heiligem Feuer aus Jerusalem nach Florenz gekommen war. Er erzählte, was der Ritter auf dem Wege geduldet und erlitten hatte. Und er pries ihn über alle Maßen.

Die Menschen saßen staunend da und hörten dies. Francesca hatte nie eine so selige Stunde erlebt.

»Oh, Gott«, seufzte sie, »dies ist mehr Glück, als ich tragen kann.« Ihre Tränen strömten, während sie lauschte.

Der Priester sprach lange und beredt. Zum Schlusse sagte er mit mächtiger Stimme: »Nun kann es gewisslich eine geringe Sache scheinen, dass eine Lichtflamme hierher nach Florenz gebracht wurde. Aber ich sage euch: Betet zu

Gott, dass er Florenz viele Träger des ewigen Feuers schenke, dann wird es eine große Macht werden und gebenedeit unter den Städten.«

Als der Priester zu Ende gesprochen hatte, wurden die Haupttore der Domkirche weit geöffnet, und eine Prozession, so gut sie sich in aller Eile hatte ordnen können, zog herein. Da gingen Domherren und Mönche und Geistliche, und sie zogen durch den Mittelgang zum Altare. Zuallerletzt ging der Bischof und an seiner Seite Raniero in demselben Mantel, den er auf dem ganzen Wege getragen hatte.

Aber als Raniero über die Schwelle der Kirche trat, stand ein alter Mann auf und ging auf ihn zu. Es war Oddo, der Vater eines Gesellen, den Raniero in seiner Werkstatt gehabt hatte und der sich um seinetwillen erhängt hatte.

Als dieser Mann zum Bischof und zu Raniero gekommen war, neigte er sich vor ihnen. Hierauf sagte er mit so lauter Stimme, dass alle in der Kirche ihn hörten: »Es ist eine große Sache für Florenz, dass Raniero mit heiligem Feuer von Jerusalem gekommen ist. Solches ist nie zuvor vernommen worden. Vielleicht, dass darum auch manche sagen werden, es sei unmöglich. Darum bitte ich, dass man das ganze Volk wissen lasse, welche Beweise und Zeugen Raniero dafür gebracht hat, dass dies wirklich Feuer ist, das in Jerusalem entzündet wurde.«

Als Raniero diese Worte vernahm, sagte er: »Nun helfe mir Gott. Wie könnte ich Zeugen haben? Ich habe den Weg allein gemacht. Wüsten und Wildnisse mögen kommen und für mich zeugen.«

»Raniero ist ein ehrlicher Ritter«, sagte der Bischof, »und wir glauben ihm auf sein Wort.«

»Raniero hätte wohl selbst wissen können, dass hierüber Zweifel entstehen würden«, sagte Oddo. »Er wird wohl nicht ganz allein geritten sein. Seine Knappen können wohl für ihn zeugen.«

Da trat Francesca degli Uberti aus der Volksmenge und eilte auf Raniero zu.

»Was braucht es Zeugen?«, rief sie. »Alle Frauen von Florenz wollen einen Eid darauf ablegen, dass Raniero die Wahrheit spricht.«

Da lächelte Raniero, und sein Gesicht erhellte sich für einen Augenblick. Aber dann wendete er seine Blicke und seine Gedanken wieder der Lichtflamme zu.

In der Kirche entstand ein großer Aufruhr. Einige sagten, dass Raniero die Lichter auf dem Altar nicht entzünden dürfe, ehe seine Sache bewiesen war. Zu diesen gesellten sich viele seiner alten Feinde.

Da erhob sich Jacopo degli Uberti und sprach für Ranieros Sache.

»Ich denke, dass alle hier wissen, dass zwischen mir und meinem Eidam nicht allzu große Freundschaft geherrscht hat«, sagte er, »aber jetzt wollen sowohl ich wie meine Söhne uns für ihn verbürgen. Wir glauben, dass er die Tat vollbracht hat, und wir wissen, dass er, der es vermocht hat, ein solches Unternehmen auszuführen, ein weiser, behutsamer und edelgesinnter Mann ist, den wir uns freuen in unsrer Mitte aufzunehmen.«

Aber Oddo und viele andre waren nicht gesonnen, Raniero das Glück, das er erstrebte, zu gönnen. Sie sammelten sich in einem dichten Haufen, und es war leicht zu sehen, dass sie von ihrer Forderung nicht abstehen wollten.

Raniero begriff, dass sie, wenn es nun zum Kampfe käme, gleich versuchen würden, nach der Lichtflamme zu trachten. Während er die Blicke fest auf seine Widersacher geheftet hielt, hob er das Licht so hoch empor, als er nur konnte.

Er sah todmüde und verzweifelt aus. Man sah ihm an, dass er, wenn er auch so lange wie möglich aushalten wollte, doch nur eine Niederlage erwartete. Was frommte es ihm nun, wenn er die

Flamme entzünden dürfte! Oddos Worte waren ein Todesstreich gewesen. Wenn der Zweifel einmal geweckt war, dann musste er sich verbreiten und wachsen. Es deuchte ihn, dass Oddo schon die Lichtflamme für alle Zeit gelöscht hätte.

Ein kleines Vöglein flatterte durch die großen geöffneten Tore in die Kirche. Es flog geradewegs auf Ranieros Licht zu. Dieser konnte es nicht so rasch zurückziehen, der Vogel stieß daran und löschte die Flamme.

Ranieros Arm sank herunter, und die Tränen traten ihm in die Augen. Aber im ersten Augenblick empfand er dies als eine Erleichterung. Es war besser, als dass Menschen sie getötet hätten.

Das kleine Vöglein setzte seinen Flug in die Kirche fort, verwirrt hin und her flatternd, wie Vögel zu tun pflegen, wenn sie in einen geschlossenen Raum kommen.

Da brauste mit einem Male durch die ganze Kirche der laute Ruf: »Der Vogel brennt! Die heilige Lichtflamme hat seine Flügel entzündet!«

Der kleine Vogel piepste ängstlich. Er flog ein paar Augenblicke wie eine flatternde Flamme unter den hohen Wölbungen des Chors umher. Dann sank er rasch und fiel tot vor dem Altar der Madonna nieder.

Aber in demselben Augenblick, wo der Vogel

auf den Altar niederfiel, stand Raniero da. Er hatte sich einen Weg durch die Kirche gebahnt, nichts hatte ihn halten können. Und an den Flammen, die die Schwingen des Vogels verzehrten, entzündete er die Kerzen vor dem Altar der Heiligen Jungfrau.

Da erhob der Bischof seinen Stab und rief: »Gott wollte es! Gott hat für ihn gezeugt!«

Und alles Volk in der Kirche, seine Freunde wie seine Widersacher, hörten auf zu zweifeln und zu staunen. Sie riefen alle, von Gottes Wunder hingerissen: »Gott wollte es! Gott hat für ihn gezeugt!«

*

Von Raniero ist noch zu berichten, dass er hinfort seiner Lebtag großes Glück genoss und weise, behutsam und barmherzig war. Aber das Volk von Florenz nannte ihn immer Pazzo di Raniero, zur Erinnerung daran, dass man ihn für toll gehalten hatte. Und dies ward ein Ehrentitel für ihn. Er gründete ein edles Geschlecht, und dieses nahm den Namen Pazzi an, und so nennt es sich noch heute.

Es mag weiter berichtet werden, dass es in Florenz Sitte wurde, jedes Jahr am Karsamstagabend ein Fest zur Erinnerung an Ranieros Heimkunft mit dem heiligen Feuer zu feiern, und dass man dabei immer einen künstlichen Vogel mit Feuer durch den Dom fliegen lässt. Und so wird dieses Fest wohl auch noch in diesem Jahre begangen worden sein, wenn nicht ganz vor kurzem eine Änderung eingetreten ist.

Aber ob es wahr ist, wie viele meinen, dass die Träger heiligen Feuers, die in Florenz gelebt und die Stadt zu einer der herrlichsten der Erde gemacht haben, ihr Vorbild in Raniero fanden und dadurch ermutigt wurden, zu opfern, zu leiden und auszuharren, dies mag hier unausgesagt bleiben.

Denn was von dem Lichte bewirkt wurde, das in dunkeln Zeiten von Jerusalem ausgegangen ist, lässt sich weder messen noch zählen.

Nachbemerkung

»Das schöne Buch wird Frommen und Gleichgültigen, Modernen und Altmodischen etwas zu sagen haben, und es wird Tausenden lieb und unvergeßlich werden« – schon kurz nach Erscheinen der deutschen Ausgabe von Selma Lagerlöfs *Christuslegenden* (*Kristuslegender*) im Jahr 1904 wies Hermann Hesse in mehreren Zeitungen und Zeitschriften auf das »köstliche Buch« hin, »das ohne alle Vorbehalte und Einschränkungen Lob und begeisterte Empfehlung verdient«.

Die Stoffe und Variationen der *Christuslegenden* von »Die heilige Nacht« bis zur »Lichtflamme« hatte Selma Lagerlöf auf längeren Reisen nach Italien (1895/96) und Palästina (1899/1900) gesammelt. Elf Legenden erzählt sie, die um die Geburt Jesu gruppiert sind, in Jesu Kinderjahren spielen oder von seinen Leiden berichten. Er ist jedoch, so Hesse, »nicht der Jesus der Historiker, Theologen und Religionsphilosophen, er ist nicht einmal ganz der Jesus der Evangelien«. – »Still und zart und warm« sind die Legenden erzählt, so Hesse weiter, »jede wie ein Erlebnis, und von keiner ist der süße Duft uralter Mythen abgestreift. Die prachtvolle Meisterschaft der Erzählkunst verbirgt sich bescheiden hinter unauffälliger Schlichtheit, läßt jeder Legende ihr Kolorit, wie sie es vorfand, und kann schließlich doch nicht verborgen bleiben, denn alle die so verschiedenartigen Mythen sind dennoch mit einer selbstverständlichen Einheit und Gleichmäßigkeit vorgetragen, als hätte die Erzählerin sie alle selbst erlebt oder selbst erfunden.«

»Die Lichtflamme«, die letzte Erzählung der *Christuslegenden*, ist eine Ostergeschichte, die zur Zeit der Kreuzzüge spielt. Zurück geht sie auf eine Geschichte, an die in Florenz noch heute jedes Jahr am Ostersonntag mit dem Fest »Scoppio del carro« (»Explosion des Karren«) erinnert wird: Im Jahr 1096 nahm ein Mitglied der florentinischen Familie Pazzi mit 2000 Mann am Ersten Kreuzzug ins Heilige Land teil. Pazzino dè Pazzi soll es gewesen sein, der es geschafft hatte, die Mauer von Jerusalem zu überwinden und die christliche Flagge zu hissen. Als Anerkennung erhielt er einige Splitter vom Heiligen Grab in Jerusalem, die er zurück nach Florenz brachte. Sie werden heute in der Kirche der SS. Apostoli in Florenz aufbewahrt. Diese wertvollen Reliquien dienen dazu, am Ostersamstag das heilige Feuer neu zu entfachen, an dem dann jeder Florentiner seine eigene Kerze entzünden kann.

Im Jahr 1513 wurde zum ersten Mal ein von weißen Ochsen gezogener Wagen (»carro«) mit Girlanden aus Feuerwerkskörpern geschmückt. Am Ostersonntag durchfährt er die Stadt von der Porta a Prato bis zum Platz zwischen dem Portal des Domes und dem Baptisterium. Ein Seil verbindet ihn mit dem Hauptaltar des Domes, wo der Erzbischof mit dem heiligen Feuer eine Feuerwerksrakete in Form einer Taube (»colombina«) entzündet, die dann auf dem Seil bis zum Wagen entlangschwirrt. Unter dem Läuten der Glocken und begleitet vom Beifall der unzähligen Zuschauer explodieren die Feuerwerksgirlanden (»scoppio«). Hat die Taube den Weg zwischen Altar und »carro« ohne Zwischenfälle zurückgelegt, wird dies als gutes Omen für die Ernte angesehen.

Selma Lagerlöfs *Christuslegenden* waren schon bald nach ihrem Erscheinen in vielen Sprachen und Ländern verbreitet; der Nobelpreis für Literatur im Jahr 1909 wurde der schwedischen Schriftstellerin – als erster Frau – jedoch für die *Wunderbare Reise des kleinen Nils Holgersson mit den Wildgänsen* verliehen, mit der sie Weltruhm erlangte. Lagerlöf wurde mit dem Nobelpreis geehrt, so Claes Annerstedt bei den Feierlichkeiten am 10. Dezember 1909, weil sie »mit beispiellosem Erfolg die empfindlichsten Seiten des menschlichen Herzens zum Erklingen brachte« und ihr »Name und dichterisches Schaffen weit über die Grenzen Schwedens hinaus bekannt geworden sind«.

Geboren wurde Selma Lagerlöf am 20. November 1858 auf Mårbacka (Värmland), dem Gut ihrer Eltern, wo sie zusammen mit vier Geschwistern aufwuchs und am 16. März 1940 auch starb. Früh erkrankt an Kinderlähmung, die eine lebenslange leichte Gehbehinderung zur Folge hatte, konnte sie in keine Schule gehen und wurde zu Hause von Gouvernanten unterrichtet. Später besuchte sie das Königliche Lehrerinnenseminar in Stockholm, gab selbst zehn Jahre lang Unterricht an einer Mädchenschule in Landskrona und ließ sich dann als freie Schriftstellerin in Falun nieder. 1909 gelang es ihr, das durch die Misswirtschaft ihres Vaters verlorene Familiengut Mårbacka zurückzukaufen, wo sie fortan wieder lebte.

Bereits ihr 1891 erschienener Erstling, der Roman *Gösta Berling*, wurde zu einem großen Erfolg und noch zu Stummfilmzeiten mehrfach verfilmt. Bis heute gehört er zu den bekanntesten und meistgelesenen Werken der schwedischen Literatur. Es folgten zahlreiche Novellen, Erzählungen und Romane, in denen moralische, soziale und christliche Ideale vorherrschen, denen sie sich auch in ihrer politischen Haltung verpflichtet fühlte.

Möge Hermann Hesses zu Beginn des zwanzigsten Jahrhunderts freundlich getroffene Aufforderung auch für unsere Zeit und auch für dieses Büchlein gelten: »Wer sich einmal ernstlich mit einem Werk der Lagerlöf beschäftigt und befreundet hat, der muß und wird auch mehr von ihr zu lesen begehren.«

Alexander Reck